Mes premières lectures

Montessori

Mes histoires à lire seul !

# À l'école

Anaïs Galon
Professeur des écoles – Formée à la pédagogie Montessori

Christine Nougarolles
Orthophoniste et formatrice Montessori

Julie Rinaldi
Linguiste - Formée à la pédagogie Montessori

Illustrations
Amélie Clavier

Nous vous invitons à découvrir le site : mespremiereslecturesmontessori.com sur lequel vous trouverez des documents pédagogiques en lien avec chaque histoire et des articles pour aller plus loin.
Vous pouvez accéder directement au site en scannant ce code :

Direction de publication : Carine Girac-Marinier
Direction éditoriale : Julie Pelpel-Moulian
Direction artistique : Uli Meindl
Réalisation : Cécile Rabataud
Fabrication : Marlène Delbeken



ISBN : 978-2-03-595557-9



Imprimé par Canale & CSA (Bucarest)
Dépôt légal : mai 2018 - 321132/03
N° de projet : 11041460 – mars 2019

# Note des auteurs

De ses observations scientifiques, Maria Montessori a déduit que l'acte de lire résulte de l'acte d'écrire. Ainsi, dans la pensée Montessori, on donne d'abord au jeune enfant les clés du code (avec les lettres rugueuses notamment) afin qu'il puisse transcrire à l'écrit tous les sons qu'il entend à l'aide d'un alphabet mobile. Il accède ensuite à la lecture, quand il a lui-même l'idée de relire ses productions écrites. C'est ainsi qu'il découvre l'acte de lire.

## La progression

Notre langue française est construite sur un modèle non transparent : nous trouvons plusieurs écritures possibles pour un même son, des lettres muettes, des lettres qui changent de son selon leur contexte proche, des lettres qui s'enchaînent les unes aux autres, formant un son parfois complexe à prononcer.

## Une compétence de lecture par histoire

Dans cette série de livres, nous avons délibérément choisi d'adapter la progression de Maria Montessori pensée à l'origine pour la langue italienne. Nous vous proposons donc des textes choisis en fonction des particularités du français écrit, où chaque histoire a été construite pour isoler la nouvelle « difficulté ».

Vous pourrez proposer ces livres à votre enfant, sans pression, dès son entrée en lecture. Les illustrations lui permettront de s'auto-corriger et d'accéder au sens. Elles ont une double utilité : soit vous placez un cache sur l'illustration, ainsi l'enfant lit et vous raconte l'image qu'il voit dans sa tête, puis vérifie (c'est le principe d'auto-correction de Maria Montessori), soit l'enfant lit en s'aidant de l'illustration, dans laquelle il trouve des indices. N'hésitez pas à lui demander de vous raconter l'histoire à la fin de la lecture, puis à lui poser des petites questions portant sur le sens. Vous observerez certainement que votre enfant lit et relit la même histoire : c'est ainsi qu'il renforce sa confiance en lui, en se sentant devenir de plus en plus à l'aise et compétent.

## Les images et les étiquettes à associer

Vous trouverez dans chaque livre de la collection une série d'images à découper, ainsi que des « billets de lecture » présentant les mots correspondant aux images. Nous vous suggérons de les découper et de proposer à votre enfant de les associer. Ce travail peut lui permettre :

- avant la lecture : de découvrir le vocabulaire de l'histoire et donc de faciliter sa compréhension,
- après la lecture : de retrouver ce vocabulaire pour le mémoriser.

## Le choix de la police de caractères

Nous avons choisi d'utiliser pour ces histoires :

- une écriture cursive : les lettres qui s'attachent entre elles : école
- des majuscules en capitales : Zoé

Lire en cursive est très intéressant pour la mise en place de la correspondance entre ce que l'on entend (les phonèmes) et ce que l'on voit (les graphèmes). Nous avons également choisi d'utiliser dès les premières histoires la ponctuation, porteuse de sens, or il est impossible de ponctuer un texte sans utiliser de majuscules. L'enfant absorbant indirectement, dans la vie écrite, les majuscules en capitales (clavier d'ordinateur, affiches, livres, école...) nous les avons préférées aux majuscules cursives. C'est pourquoi notre choix s'est porté sur la police Cursive Dumont maternelle.

Les auteurs.

# À l'école

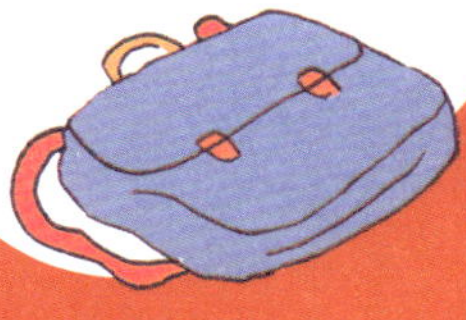

Zoé lit à Papa
un magazine
sur l'école.

Au Mali, l'école n'a pas de murs. Mamina étudie sur le sol !

À midi, au menu, c'est manioc.

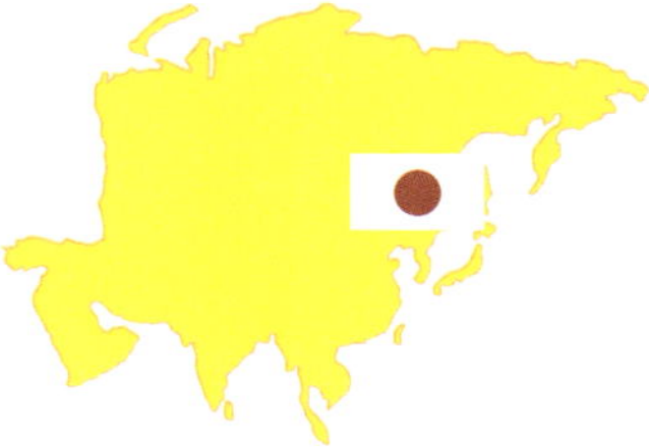

À Tokyo, l'école de Jiro
a une forme ovale.
Il adore lire sur le hamac.
À midi, au menu,
c'est makis.

Au Laos, Koa va à l'école à dos d'âne. Il passe par la rizière.

À midi, au menu, c'est riz basmati au curry.

En Bolivie, Carlos ne va pas à l'école. Il s'occupe de sa mamie.

À midi, au menu, c'est quinoa.

En Russie, Ava porte
l'uniforme de l'école.
À midi, au menu,
c'est salade russe.

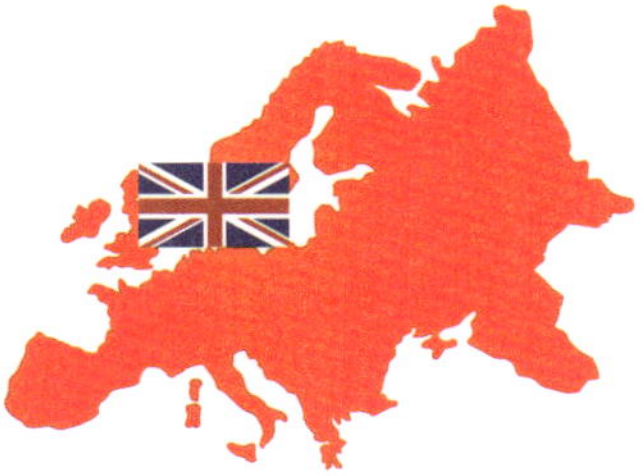

À Oxford, Liam ne va pas à l'école.

L'école c'est chez lui.

À midi, au menu, c'est rôti de porc à la pomme.

À Miami, Cory va
à l'école en bus.
Il manipule le cube
du binôme sur le tapis.
À midi, au menu,
c'est tacos.

À Albury, dès l'arrivée à l'école, Mia a yoga.

À midi, au menu, c'est tartine à la banane.

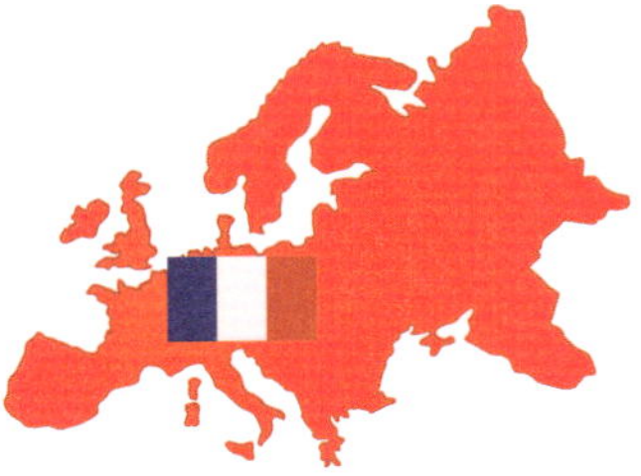

Chez Zoé, au menu
de midi, c'est raviolis !

# Comment utiliser les images et les étiquettes mots ?

Vous trouverez dans chaque livre de la collection du matériel que vous pourrez conserver : une série d'images à découper, ainsi que des étiquettes présentant les mots correspondant aux images. Ces mots sont écrits avec le même code couleur que dans les histoires. Après les avoir découpées, proposez à votre enfant d'associer les illustrations et les étiquettes, c'est ce que l'on appelle, en pédagogie Montessori, « **mettre en paires** ». Ce travail va lui permettre :

**Avant la lecture des histoires :**

– de découvrir le vocabulaire des textes et donc de faciliter sa compréhension ;

– de repérer les sons et de s'entraîner à la lecture des mots.

**Après la lecture des histoires :**

– de retrouver le vocabulaire utilisé dans les textes et de le mémoriser.

Avec ces images, ces étiquettes mots et ces textes, votre enfant aura donc la possibilité de lire autant de fois qu'il le souhaite les histoires et sous deux formes différentes : la liberté de répétition est l'un des principes fondamentaux de la pensée Montessori.

makis

riz

riz

makis

banane

raviolis

hamac

tacos

hamac

tacos

raviolis

banane

âne

pomme

pomme

âne